KB092825

칸트의 산책로

황금알 시인선 225

칸트의 산책로

초판발행일 | 2020년 12월 31일

지은이 | 최준
펴낸곳 | 도서출판 황금알
펴낸이 | 金永馥
선정위원 | 김영승 · 마종기 · 유안진 · 이수익
주간 | 김영탁
편집실장 | 조경숙
표지디자인 | 칼라박스
주소 | 03088 서울시 종로구 이화장2길 29-3, 104호(동숭동)
전화 | 02)2275-9171
팩스 | 02)2275-9172
이메일 | tibet21@hanmail.net
홈페이지 | http://goldegg21.com
출판등록 | 2003년 03월 26일(제300-2003-230호)

ⓒ2020 최준 & Gold Egg Publishing Company Printed in Korea
값은 뒤표지에 있습니다.
ISBN 979-11-89205-86-7-03810

*이 시집은 충북문화재단 우수창작활동 지원금을 받아 발간했습니다.

*이 도서의 국립중앙도서관 출판예정도서목록(CIP)은 서지정보유통지원시
  스템 홈페이지(http://seoji.nl.go.kr)와 국가자료종합목록 구축시스템
  (http://kolis-net.nl.go.kr)에서 이용하실 수 있습니다.
  (CIP제어번호 : CIP2020055401)

칸트의 산책로

최 준 시집

황금알

삶의 시간이 늘 버겁다.
다시 돌아갈 수 없는 어제와
살아 있으니 살아야 하는 오늘과
미지의 내일 사이에 늘 어둠이 도사리고 있다.

시간이라는 게 대체 무엇인가?
누구도 정의하지 못한 시간을 여직 버티면서
고단한 삶을 함께한 이들에게
고마움을 전한다.

살아 있는 한
지상의 모든 이들도 더불어 살아 있기를.

사랑한다. 문명과 자연을, 사람을,
시간을 공평하게 나누어 가진
생시의 한 시절을 함께했다는 그 인연만으로도.

이천이십 년 가을 끝자락
최 준

차 례

2부 내 안의 운동장

3부 그 나이쯤 되면

1부

가여운 추억

시간의 물리학

물에 젖는 속도로 옷이 마른다면

펭귄들은 더 이상 태양이 필요 없겠지

세상 뒷길을 떠돌다 마음 젖었네

한 번 젖으니 다시 마르지 않네

동화처럼 마을에도

깜빡 잊고 해를 그려 넣지 않아서
아침이 오지 않았던 날이 있었네

거미줄에 걸린 달을 놔두고
거미가 죽어버려서
창문 열지 못했던 밤이 있었네

한 아이가 어제의 일기를 오늘 쓰고
한 아이가 레고 강아지를 만들던 겨울 내내

협곡열차를 타고
사냥 간 어른들이 돌아오지 않는 마을

아이들은 아침을 기다리며
눈 속에서 튀밥처럼 자랐네

돌아온 어른들이 없는데
겨울이 가고
조팝꽃이 지붕보다 더 크게 희었네

나비

꽃에게서 말 배우는 아이를 만난 적 있다
아이는 아침부터 저녁까지 숲을 소요하다가
밤이면 인근 개나리공원 벤치에서
망사 팬티 차림으로 새우잠을 잤다

하늘 흐린 날 자전거를 타고 가다
천변 산책로에서 마주친 아이는
낮술에 취해 있었다 비척비척
불을 붙이려고 양귀비 붉은 꽃술에
입술을 대었다
나는 양말목에 감춰두었던 라이터를 꺼내려다
페달을 다시 밟았다 아이의 폐부에
먹구름이 잔뜩 끼어 있을지도 몰랐기에

그날 밤부터 사나흘 비가 내려
세상이 다 젖었다 자전거 탈 수 없는 시간이
방안으로 흘러들었다 나는 블라인드를 내리고
오래전에 읽었던 동식물도감을 펼쳐
숲에서 얻어 입었을 게 분명한

댄디풍 아이의 무늬 옷을 훔쳐보았다

아이를 마지막으로 만난 건
시월의 장미정원 그늘 아래서였다 나는
떨어진 꽃잎 하나를 주워 주머니에 집어넣었다
진동 핸드폰처럼 파르르 이어지는 떨림에
담 걸린 듯, 옆구리가 자꾸 아팠다

자전거를 처마에 기대 세워놓고
털외투를 꺼내 입었다 발 푹푹 빠지는
눈길을 걸으며 생각했지만
알 수 없었다 가을의 그 떨림이
아이가 배운 말의 전부였는지, 아니면
처음부터 아이는 지상에 없었던 건지

온몸이 날개인 눈발이 날려
먼 산이 지워지는 겨울 저녁이었다

대척점의 당신, 나무

나는 나를 번역하지 않았어 지금까지
나는 당신의 중얼거림 밖에서 살아왔으니

의자로, 기둥으로, 불을 품은 육체로
다음 세대에 또 다른 모습으로 태어날 이념으로
무장한 적 없으니

오, 하지만 당신은
자신이 아직도 태양의 아들임을
알지 못하네
가슴에 드리운 두꺼운 그늘을 뛰어넘으면
밝음이 오리라 기대하며 살지
다만 나는 나였을 뿐 당신이 아니었으니
당신이 아니었던 게 나의 잘못이라면
별은 무엇이고 달은 무엇인가
당신이 자신에게 질문하는 순간

아는가
당신은 내가 될 수도 있었다는 것을

내 속의 얼굴이
당신의 나이테로 불리는 주름이 될 수도 있었다는 것을

낮과 밤을 나누어 살아가지만
예나 지금이나 나는 당신이 아니고
당신은 오늘도 내가 아니네

건너와 너머

산을 읽었다 아니,
산을 가뒀다 지난가을
단 한 번 간 주말 산행에서
나는 산을 비웃었다
칼라 문신을 전신에 새긴 산의
정적을 담보하면서, 우스웠다 어제 내린 비로
산은 속이 좀 상했던지 우산을 쓰거나
우비를 입어야 했지만
지상에 남아 있는 우산이나 우비는 더 이상 없었다

머지않아 옷 벗고 추워져야 할 텐데
문장의 끝에 있어야 할 마침표가
올해도 안 보였다
무언가가 더 있어야 할 것만 같았는데
없는 것이 있었다
산의 머리맡에서 쉼표 하나 겨우, 황급히 찍어 놓고는
갔던 길을 다시 돌아 내려왔다

더럽게 예의 없다고,

신고 갔던 운동화가 투덜거렸다
숨 가삐 올라갔던 그게 산이었는지, 아니면
나였는지에 대해서는 말하지 않았지만,
끝내 말하지 못했지만

나는 별들의 서식처를 여전히 염탐하고
버릇없는 그들의 운행을 부러워하고
생각하고, 고민한다 눈 내린 다음 날
밤에만 떠오를 달에 대해
내일의 폭설을 다시 허락할지도 모를
태양의 너그러운 운행에 대해

오늘도, 오늘은
오늘이 없어서 무사하다

다음날

눈이 내려도 바깥은 여전히 살아 있는 자들만의 우주
일까
양파의 흰 뿌리가 남녘 바닷가에서 자라고 있다
이렇게 말하면 당신은 붉은 흙보다
지난여름 물빛을 먼저 떠올리겠지만
수면 아래서 남몰래 둥글어지는 것들에 대해
한순간 진지해지기도 하겠지만
당신과 내가 구름이라 이름 부르는
늙은 고래의 희망은 여전히 허공에 있다
이 순간에도 그는 온몸으로 파도를 다림질해
자신의 거대 육체가 소멸할 시간을 염탐하고 있는 중
하지만 때로 길은 꿈과 내통하지 않기도 하는 것이어서
모든 게 비밀인 채 문득 걸음 멈추는 시계가 있다
심장이 멎지 않는 한
그 박동은 십이월의 창문 너머로 뛰쳐나간다
작년의 그 길로, 마치 처음이라는 듯이
그러면 당신은 양파와 태양에 대해
다시 고민하게 되겠지만
건너와 탈주에 익숙해진 바람처럼

지상의 육체들이나 맘껏 탐닉하다 떠나겠지만
해마다 거듭해 온 이 진부한 숨바꼭질은
간밤에 눈이 내렸기에 가능한 놀이였다
사라진 길 위에서 태어난 눈알들이
오늘의 당신을 일제히 외면하고 있다

슬로비디오

겨울 강가를 걷다가 보았다
머리 위 버드나무에서 날개 퍼덕이는
새 한 마리
앙상한 나뭇가지가 된 발목이 묶여
어디로도 날아가지 못하는
검은 비닐봉지

알겠다 지난여름 한때
강물이 그 높이로 흘러갔던 것
상류 어디쯤에서
행로 잃고 물살에 떠밀려오던 저 새를
강이 나무에게로 되돌려주었던 것
내가 지나왔던 언덕을 다 쌓아 올려도
도저히 도달할 수 없는 높이에다
한 마리 새를 부려놓고 떠났던 것

그러니까 저 새는
겨울과 봄 그리고 다시 여름이 올 때까지
저렇게 날개 퍼덕이고 있겠다

그러다가 강물이 작년의 수위를 회복하는 날
비로소 하류로 날아갈 수 있겠다 가서는
다시 돌아올 수 없겠다

먼 산 백설이 눈부신 오후

오늘은 할머니의 스물네 번째 기일忌日이다
영정을 들고
상여보다 먼저 얼음 언 여울을 건너갔던
흑백 사진의 기억이 있다

하늘바둑판

별들의 대국이 언제부터 시작되었는지
알 길 없다 나는 다만 미루나무 그늘 하나
무릎 아래 달랑 옮겨다 놓고
사방 널려 있는 희고 검은
바둑돌이나 부지런히 주워 모았다
앞산이 둥근 한낮엔 풀섶에 엎드려
오래 세 밀린 잠 빚을 갚고, 메기수염이 어두운 밤
어제를 복기했다

도무지 신기한 노릇
별들의 착점에는 실착이 안 보였다
저 오묘한 제자리걸음 행마법을 모조리 암기하려면
강물을 통째 교습비로 바쳐야 할 듯
하지만 노쇠한 하늘 물고기가 헤엄치기에
그 품 너무 넓고, 수심 깊지 않았을까
강은 아무 데나 덥수룩 불쑥 돋아나는
무례한 구경꾼들 손볼 생각도 않고
달의 심장이나 밤새 윤나게 닦아
새벽하늘로 돌려보냈다

대국의 끝은 결국 먹구름
소나기였다
어젯밤 나는 비로소 강의 훈수를 들었다
이 여름이 끝날 때까지
미루나무 그늘의 무료를 좀 더 견뎌 보라는
그 말을 내게 해준 강이 오늘
물총새 울음소리로 새 활로를 열었다

나는 애써 주워 모았던 바둑돌들을
모조리 강물에 던져주었다

가여운 추억

길에 대한 기억밖엔 없네

엄마, 당신이 끌고 가신 유년

네 번의 전학과 일곱 번의 이별 사이에서
선풍기가 태어나고 사벌식 타자기 그리고, 냉장고
티브이는 실내 안테나에서 위성으로

천연색 그리움을 가르쳐주려 그러셨나요

젖가슴에서 엄마에서
추억의 어머니로

유모차는 영원히 당신 것
세발자전거는 아직도 내 것

아, 엄마 안 계신 추억이 무거워
땀 젖은 신발 벗듯, 아무 데서나 내려놓네

주목朱木

붉다! 그 이름만으로도
나는 이미 전생을 엿본 것이다
이 붉은 내 안의 거대 묘지는, 그러니까
죽음이지만 슬프지는 않은 것이다
슬플 노릇만은 아닌 것이다

나는 영생을 살아낸 것이다
묘비 하나 바로 세우면 전생도 달라진다는,
계절과 시간을 뛰어넘은,
모든 흔들림 다 죽여 버린
저 견고한 정적

굳이 주목받지 않아도 되는 것이다

천 년을 주목하지 않아도 그만인 것이다

나뭇잎 귀

그걸 어떻게 나무의 귀라 말하나
그러면서 왜 귀를 믿지 못하나
나뭇잎의 고요를 두고
바람 소리조차 들리지 않는 한여름 밤을
어떻게 견딘다고 말할 수 있나
살랑임이 보이지 않는다고
평상에 누워 나무의 푸른 낮잠을
감히 대신할 수 있나

귀를 버린 나무를 두고
마침내 깨달았다고
다시 가을이라고
지난 한여름
무사히 잘 지나왔다고
작년에 그렇게 말한 너는 언제 귀를 열었나

올해의 나무가
다시 쫑긋, 했다며
계수에 목매단 바보 토끼가 아직 살아 있다고

귓바퀴를 맴도는 달을 바라보며 수박을 깨는 여름밤을
두고
  참 무성한 나무라고 감히 말하나
  저 나무처럼은 도무지 살아낼 수 없는데
  어떻게 귀를 쉽게 떼어버리나

  나뭇잎 한 장
  그 푸른 실핏줄에 번개 치는, 아직은 여름인데

만항재

여름이라지만
길이라지만
노래도 부르지만
힘들다고 갸르릉 갸르릉
바퀴가 땀 흘리지만
구름에서 발아한 꽃들의 오후가 있고
별에서 태어난 개똥벌레들의 밤이 있고
떠난 이들의 숨소리로 불어오는
바람이 있다
바람이 숨 고르다 가는 빈집이 있다
그래, 이 고개 넘으면
타지다 다른 세상이니
고갯마루에서는
잠시 쉬었다 가라
지상 마지막 그늘이다
단 하나의 고요다
여름이라지만
여름이랄 수 없는,
다시는 돌아오지 마

태양이 얼굴만 슬쩍 보여주고는
사라져버리는

모서리가 없다

나무가 길에 대해 고민할 때
컴퓨터 모니터가 나무를 말하지 않을 때
화가 나지 않는다 그 이유를
나무에게서 찾지만 않는다면, 당신은
행복한 사람

해와 달에게 목을 매달고
별빛을 이파리에 주워 담으며
나무는 둥글어진다 나날을
둥글어 간다
생각해 보라 당신 주방의 탁자 모서리는
나무가 만든 게 아니다 아시다시피
나무는 둥근 일생
오직 둥글어지기 위해
일생을 고민하는 생

그러니까 둥글다는 건
모서리가 없는 게 아니다 당신이 둥글다는 건
나이테의 그늘에 앉거나 서서 선선히

세월에 고개 숙이기 시작했다는 것
마침내 모서리 하나
어렵사리 완성했다는 거다

우물에 대한 기억

계산속으로는
하루에 하루를 더하면 이틀이 맞다 맞지만
두레박에서 부엌까지
여름에서 다시 여름까지
하늘을 이고
물동이가 오간 거리는 별들이나 읽을 수 있던 시간

할머니 적 얘기다
우물 안 개구리가 구름 위로 팔짝 뛰어오르기도 하고
버드나무 화살촉 하나가 그 어두운 구멍을 향해
잘못 쏘아지기도 하고
넘칠 일 없는 함박눈이 둥근 적요를 메워보려고
무리하게 겨울을 온통 겨울로 안간힘 쓸 때도
무릎 한 번 출렁이지 않고 그냥 버텼을 거다

할머니 돌아가신 지 삼십 년
뒤란 장독대를 반짝여주던 북극성을 묻어버리고
버드나무 밑동을 잘라
마지막 아궁이에 불을 지피던 저녁

남몰래 지워진 길이 하나 있었을 거다
아무도 만져주지 않았던 시간이 저 홀로
먼 길을 가고 있었을 거다
눈물 흘러넘치면서
먼 산 무덤 속으로 그 하루를
무쇠솥에 펄펄 물 끓였을 거다

이건 다 할머니 적 얘기
돌아오기도 전에
일찍 집을 떠났던 아버지는 아주 멀리서
너무 늦게야 할머니의 이름을 불렀다
이를테면, 내가 어머니를 우물에 빠뜨리고 나서야
물동이가 비어 있었음을 알아챘듯이

수련 일기

올해는 우기가 늦었다
비를 기다리다가 저수지는 바닥으로 내려앉았다

주인공의 때늦은 출현은 속편이 있다는 걸 예고하기도 하지만
날림 제작한 속편은 종종 보상을 원하기도 하는 것이어서
울음주머니라도 옆구리에 차고 있지 않으면
하늘 잃은 물잠자리를 위해
한 장 손수건이라도 준비해야 한다

안타깝다는 말은 이럴 때 하는 것이다
곁에서 경쟁적으로 가뭄을 숨 쉬던 당신이
습지의 법칙에 대해 좀 더 세세히 알고 있었더라면
먼 별 하나와 이웃 풀꽃 한 송이를
맞바꾸는 밀거래 따위는 꿈도 꾸지 않았을 텐데

아무려면 어떤가
나는 잠자코 기다려 보기로 한다

다른 해보다 늦게
우기가 시작되리라는 태양의 거듭된 전갈을

왜인가 당신이 묻는다면
대답은 간단하다 우주만큼 크고 튼튼한 내 우산이
때로는 물방울 하나의 투명에도 담뿍 젖는 날이 있기에

근작시

봄내 열권의 시집을 읽고도
시 한 편 쓰지 못한 문간방의 넝쿨장미를
가시만 떼어내고 깔고 앉았습니다

가시가 없는 데도 엉덩이가 따끔따끔
소금사막은 한때 바다의 지느러미였다지요

망가진 항해였나요 아니라면
마침내 정박한 불변의 결정체였나요
장미에 소금꽃 필 리 만무하지만
압니다 어김없이 여름은 오고

오늘 점심 밥상에는
가족사에서 도굴된 유골인 듯
희디흰 사기그릇 하나 놓여 있네요
거기 가득 담긴 사막 소금을
오줌싸개가
잘못 그린 지도에 핀 장미꽃이라 우기는군요

죄송합니다 이번 여름도
넝쿨장미와 사막과 소금만으로
건너가야 할 머나먼 항해인 모양입니다

21세기 벽암록碧巖錄

자신自信을 못 믿는데
어디서 자신自身을 찾겠나
청사廳舍와 의사당議事堂의 부조리나 채굴하려다
속아온 길
구만리九萬里

날마다 수염을 깎고
베고 잤던 무릎에다 대못을 치네
저를 잃어버리고도 저리 말짱한
물그림자에게 만이라도
제대로 보이고 싶어서

천 년 바람의 가야금 줄도 실은
몹쓸 인종사人種史처럼 소용없는 것
어떻게 걸어왔는가를 고백하라면
한나절은 말할 수 있지
그게 설혹 구만 리 허황일지라도
변명이란, 나를 속여 온 나의
절반의 절반에도 못 미칠 얘기

아직은 멀쩡한 두 주먹으로
머리 쥐어박으며 걸어가다
옛 스승들처럼 홀연히 증발해 버린다 해도
세간에서의 울화를
어찌 우화寓話였다 말하지 않을 수 있으리
나를 지나오고 있던 나를
눈 뜨면 솟아 있는 백척간두百尺竿頭의 잔소리나 들으며
못 박힌 무릎 절뚝이는 오늘을

아, 그러니 실패는 내 어머니가 아니셨네
이번 생은 결코 성공했다 할 수 없으니

꼬리뼈의 시간

지느러미를 떼어 버리렴
이제 자야지
넌 너무 착하게만 살아왔으니

바다를 본 적 없었지만
일생 파도를 벗어나지 못한 할머니

할머니는 어느 날인가부터
푸른 심연의 담요를 무릎에 덮고 누워
드러난 가슴을 부끄러워하지 않았지
이제는 더 이상
젖 먹일 일이 없겠다는 듯

참 오래도 밭이랑을 출렁이던 바다
할머니의 오늘엔 내일이 없었는데

나는 어제 늦은 저녁에
할머니의 아이들과 할머니를 만났네

할머니의 젖가슴은 이미 사라지고 없었지만

아, 그런데도
바다의 이야기는 계속되었던가
그러니까 이건 비극
이전의 비극

할머니가 끓고 있는 냄비 속에서
나는 건져낼 할머니가 없었네

배가 불러요 할머니
이제 자야겠어요
수저를 내려놓으며 알게 되었네
내가 아이를 낳자
나를 낳은 어머니는 그날부터
은빛 머리칼의 할머니가 되었고

지상의 식탁은 시간을
살 발라낸 꼬리뼈로 남겨놓았네

그게 나였네

사월의 장례식

상중에도 삶은 계속되어야 하네 울음도
침묵도 삶에게나 필요하다네
죽음보다 먼 화장터로 가기 위해
대학병원 지하 영안실 빠져나온
관 속의 늙은 시신이 사라져버렸네
시신 없어 가벼워진 관을 든 사내들
벚꽃 터널 속으로 걸어 들어가네
눈부시게 화사한 바깥, 어느새
관 든 사내들의 입에 희디흰 벚꽃 마스크가
씌워져 있네 장례의 주인공
시신이 사라져버렸는데도
장례는 계속되네 망자의 가족 친척들
친구와 지인들 수많은 조문객들 관을 뒤따르다
쳐다보며 놀라네 황사 자욱한
허공으로 날아가는
날아가는 것처럼 생각하게 되는 영혼
살아 있는 동안 영혼은 늙지도 않는가
영혼은 죽어서도 보이지 않는가
경악하는 눈알과 눈알들에서
벚꽃이 지네

2부

내 안의 운동장

디아스포라

첫잠 깨어난 아이들의 겨드랑에
깃털 달아 주어 하늘로 돌려보내며
저주했지
날개 없이 태어난 운명을

그리고

아이 낳은 적 없는 여인의 하반신에
비늘과 꼬리지느러미를 조각해 수장水葬하고
절망했지
물을 숨 쉬는 아가미가 없음을

불과 화살촉

이전부터 새는 허공을 날고
물고기는 이미 생을 완성했는데

우린 여전히 떠돌고 있지
그건 처음부터 우리가 아니었는데도

날개와 지느러미
그 추락과 침몰의 시간을
여전히 여행 중이지

아, 그런데
도무지 알 수가 없네
천사가 된 아이들과 인어 여인의 전설은
우리가 언제부터 연습한 비극이었을까

저녁의 기억력

어제의 서랍을 뒤져
서랍에서 오늘의 서랍을 찾는다
어깨를 늘어뜨리고 뒷걸음질로
서랍 속에서 걸어 나오는
그는 누구인가 그의 뒷모습에서
그의 얼굴을 꺼내볼 수 없다

사진에 없는 바람만 같았던
바다를 배경으로 불타는 노을
그 뒷면에 파란 볼펜으로 새겨 넣은 여름들
여름들 속에 낯설게 끼어 있는 여백의 겨울들
어제가 마치 오늘인 것처럼

살아서는 다시 만나볼 수 없는 사람

그의 녹슨 볼펜 끝에 빨간 상처가 묻어 있다
비망록은 오늘도 완성되지 않고

내일이 두려워

나는 안쪽부터 어두워지는 서랍에게
오늘의 서랍으로 걸어 들어가는
어제의 길을 묻는다

울분

1
열두 살 옛집 뒷마당 감나무 그늘
나비가 앉아 있던 자리에다 울분을 심었네
울분이 싹 트자 나비는 담장을 가벼이 뛰어넘어
알리바이를 완성하고

울분의 혈통은 음지식물이었을까
다시 보러 오지 못할 것만도 같고
만나러 오기 싫은 마음도 보태어 심어놓은 울분은
태양을 흠모하는 그늘 아래서만
겨우 자랐네

철 되면 울분도 꽃을 피울까
꽃빛은 어떨 것이고
씨앗은 제대로 여물어 대를 이어줄 것인가
어제를 오늘로 흔들리는 기차에 실려

2
나날을 혼절한 채 집 찾아드는 만취의 밤

인적 없는 골목에 엎드려 토해 놓은
울분은 씨앗이 아니어서 싹을 틔우지 않았네
골목을 지배하던 음험한 공기가 나빴을까 아니면
울분도 때론 쓸모가 있겠더라고
지나가던 누군가가 내 울분을 주워들고 간 것인가

울분도 자라지 않는 불모, 당신의 사막
그걸 견디느라 기를 썼지만
돌아보니 다 부질없고, 허망한 노릇

3
올가을부턴 울분을 집안까지 데려오지 말아야지
그보다는 고향 옛집 뒤뜰 꽃의 정원에 물을 뿌리고
울분이 어떤 빛깔일지 갸웃거리면서
안부가 궁금하면 냉큼 달려가
손 뼘으로 울분의 키나 재어 봐야지

대문은 하냥 열어 놓아야 하겠네
오일장 파장 무렵처럼 내 울분을

떨이로 가져갈 몹쓸 들짐승 하나
불쑥 문 열고 들어설지도 모르겠으니

현관의 수사학

나간다와 들어간다
사이에 신발장이 있다 문이 열리면
한 켤레의 신발이 떠나고
떠났던 신발이 돌아와 빈자리 찾아든다
해풍의 소금기에 절어 있기도 하고
달라붙은 나뭇잎이 파르르 떨기도 하고
오래된 도서관 서고의 활자들이 새겨져 있기도 한다
사라졌던 시간의 이 모든 거짓말들
흔적 없는 시간의 무늬들
모든 게 가설이고
모든 게 눈비의 교차점에서 생긴 착각들
여름의 신발들이 겨울에 갇힌다
겨울의 신발들이 여름을 기억한다
다음 페이지를 열면
언덕으로 오르는 갓길에서 견인차가 기다리고 있다
어떤 신발은 돌아오는 길을 잃어버리고
다시는 돌아오지 않을 거라고 중얼거리며
오늘이 마지막인 듯 신발장을 여는
아침이 있다

호흡법

아침의 경계를 가볍게 뛰어넘는 당신의 감정

감정만으로 얼룩진 세계

지나가다가 나무의 발등을 툭, 건드리기라도 하면

아, 뭐가 남아 있었지?

당신의 손이 스쳐 간 사연들

저녁의 새 떼가 날아간 텅 빈 하늘

결국은, 아무런 슬픔도 기쁨도 없던 당신의 골목

그 끝에 다다른 늙은 고양이가

걸음을 멈추고 문득, 돌아본다

아무래도 이건 아니지

아니었지 첫사랑이 어금니처럼 빠져나가고

잇몸으로 버텨 온 지난 시간에 대해

오늘은 한 번 울고

천 번 숨 쉬고

백로

난 오늘이 푸르게 출렁이는
지느러미의 배후였으면 좋겠네
대물림한 집에서 사는 건 우리 선비족의 오랜 관습
먼 조상들은 정수리에 흰 돛을 매달고
바다를 배회하기도 했다지만
그들의 갈비뼈가 산호초로 묻혀 있는 심해는
이제는 아주 먼 나라
정박의 지점에서 바라보면 모든 게 다 평평한
수평선이었던 거네

내가 물속의 태양을 경배하는 동안
발목은 하늘을 딛고 있지 부리를 휘저어 구름을 걷어
내며
참 지루한 침묵의 시간을 견디지

물그림자에 눈을 맞추고
바람 불 때마다 일렁이는 나 아닌 나의
소멸을 예감하지

내일을 기다리며 오늘을 걸어갔다가
어제를 날아서 집으로 되돌아오지

칸트의 산책로

어제를 벗어버린 오늘 나무
어제의 나무가 걷던 길
어제의 나무를 없앤 길로 걸어갔던
어디에도 없는 발자국
시간은 굴러 다른 하늘로 가고
허공은 하나가 아니라고
다른 하늘로 떠오른 지붕
오늘 나무는 어제의 나무가 아니라며
갈아 끼운 무릎으로 다시 걸어가는
어제의 길

나무는 오늘 온종일 어디에 누워 있었나
어제처럼 저녁의 끝에서 다들 되돌아오는데
어제의 나무는 오늘 나무가 아니고
어제는 오늘이 아닌데
노을이 차려놓은 오늘의 밥상을
어제의 숟갈로 떠먹는 오늘 나무

아, 그런데

나무는 왜 자꾸 나무를 두리번거리나
어제의 먹구름은 오늘 겨울
생각 너머로 날아가고 싶은데
마른 눈물은 왜 오늘을 눈 내리는가
눈물을 식탁 위에 자꾸 쌓아놓는가
발목 없는 길 위에서 나무는 어제의 나무와
언제 헤어지려는가
오늘 나무는 어제의 나무가 아닌데
나무는 왜 영원히 나무만을 숨 쉬며 살아야 하는가

행성

보이지 않아서 무서운 게 자꾸 없어지는
그게 무서워

혼자 숨어 서서

지나가는 것들의 날개에 매달린다

분노가 열두 번 우주를 왕복하는 동안
슬픔이 은하를 한 바퀴

알 수 없었다

바깥을 가둬두고 싶은 것인지
안을 보여주고 싶지 않은 것인지

날마다 떠 있을 태양
오늘도 해안을 들락거리고 있을 파도
고대의 돌기둥들과 너무 오래 싸우느라
바람은 어제보다 좀 더 상처 깊은 골짜기를

찾아 헤맬 것인데

나가지 마라 나서지 마라

입술이 소금에 절은 창조주가 구름에 대고 말한다
상해 가는 주머니의 별들을 꺼내 보여주면서

그러니

어쩔 수 없다 나를 열고 내 안을 비집고 들어서며
저녁을 다시 감춘다
너무 커서 오늘도 끝자락을 만져볼 수 없는

저, 검은
내 안의 무한궤도

내력

오늘 자네는 아주 오랜 여행을 마치고
늘 어제인 아프리카 밀림의 원시부족을 데리고 왔군
전철을 타고

양념처럼 혁명이 섞여 있고 음악은 없어
눈 동그란 동양의 기생 하나는
간밤에 이웃 나라 왕자의 부름을 받고
구름 가마꾼을 손짓해 부르다 선녀가 되었다더군
천 년 동안 경經에 매료되어
사원의 아이로 늙은 수도사는 자네의 할아버지
그의 중얼거림은 오후 내내 계속되었지만
무식한 역관들은 배가 고프다는 의미로 번역했다지

김밥과 컵라면의 역사는
바다에서 시작되었나
이빨의 폭력이 지겨워진 상어가 갑판 위로 뛰어올라
해적선 외다리 선장의 수프 접시가 되고
46억 년을 떠돌던 먼지
먼지와 먼지가 만나 이룬 사랑 얘기는 대체
얼마나 지루하게 지속되고 있는 거야

주방을 다 뒤져도
먹을 수 없는 건 여전히 먹을 수 없어
한 문장 속에 오늘 자네가 흘린 잠의 흔적
마귀할멈 사서가 지팡이를 두드리는군

창문이 어두워지고
오늘을 걸어 잠그면 또 오늘이
어제처럼 자네를 기다리겠지 그나저나
자네 가방의 내력은
애인에게 말해줬던가 미라들이 다시 깨어날 시간
지붕이 먼저였던가 아니면
계단이 먼저였던가

자네는 바지 주머니에 도서관을 집어넣고
전철에 오르고
내일은 또
어떤 책에서 자신을 읽어낼지
고심하면서

일견一見

그러니까, 건너와 너머는 결국
없다는 거다

앞서간 견자見者의 그림자는
눈 뜨고 살기가 얼마나 어려운가를
보여준 거다

코로 숨 쉬지만
내 비린내는 내가 맡지 못한다

새벽에 우는 닭을 잡아먹은 바람의 이빨이
창문틀에 걸려 있다

빈들에 박힌 서릿발 같은
마음속 칼날을 밟고 지나가면

나는 여전히 눈이 두 개, 하지만
온전한 두 개는 본 적이 없다

어제 나무가 오늘 나무로 서서
내일 나무인 나를 내려다본다

목전目前

머릿속에 그려 넣은 지도가 지워지고 없을 때

검은 구름이 붉은 구름을 낳아놓고 자신은 비가 되어
내릴 때

차선을 바꾸자 앞서 굴러가던 바퀴가 문득 터널 속으
로 사라졌을 때

고라니의 눈동자를 근심하는 중앙선으로 날개 단 고양
이가 불쑥, 뛰어들 때

불빛이 어둠을 비추며 길 밖의 모든 배경을 지울 때

내가 가고 있는지 길이 가고 있는지 페달이 된 발가락
이 간지러울 때

옆자리에 앉아 있던 표지판이 안전띠 맨 가로수로 바
뀔 때

다 지나왔다고, 여기가 종착이라고 한숨을 쉴 때

음악 없는 행진을 멈추고 차창에 비친 낯선 풍경에게
안녕, 손을 흔들 때

문 열고 내려서며 안에 두고 온 지난 여정을 가두어 잠
글 때

이제 끝이라 여겼으나, 그대가 그대의 길을 슬리퍼 끌
고 마중 나올 때

그리고

빛이 사라지기까지 그리 오래 걸리지는 않았다
네 눈 속에서 눈이 사라질 때
너는 무얼 보고 있었나 작년처럼
의자에 먼저 와 앉아 기다리고 있던 봄, 그의 얼굴에
겨울의 흰 눈썹이 붙어 있었던가

눈이 사라지자 길이 열렸다
너는 봄과 마주 앉자마자 눈 이야기를 먼저 꺼냈다
눈이 사라지자
길이 열리고, 벽이 생겼다고

벽의 반대편에서 넌 거울을 쓰다듬고 있었냐고
내가 물었다 막 돋아나기 시작한 푸른 수염을 쓰다듬
으며
겨울에 떠난 심장들의 안부를
눈이 사라지자마자 방문한 봄의 불온한 저의를

눈이 사라지자 태어나는 눈들
눈 속에 숨어 있다 눈 뜨는 눈들

모든 게 바깥에서 벽이 되는
흰자위뿐인 눈알들
길을 가다 마주치기라도 하면
서로를 꽃이라 불러주면서 눈인사를 나누기도 하는

아, 여름 지나 가을까지는
올해도 너무 먼 길

내 안의 운동장

어울려 놀 적엔 모든 게 다 좋았네
한 뼘 땅을 빼앗기고도
언젠가는 되찾으리라는 믿음으로 병뚜껑을 튕겼네
흙 묻은 손이 마침내
빈 병이 되기까지

병의 정수리를 안간힘으로 틀어막고 있던 그것
수액이 몽땅 빠져나간 자리에 들어차던
바람의 투명한 육체

비워내면 언젠가는 다시 채워질 줄 알았으나

꿈이었네 운동장은 한없이 작아지고
아이들은 흩어졌네 빼앗고 뺏긴 땅을 놔둔 채
산 넘고
물을 건넜네

아니었을 테지 바람이 있긴 있었던가
빈 교실에서 유령의 손가락이 치던 풍금 소리가

뒷산 참나무 숲의 저녁을 푸르게 키웠던가

이제는 한 채 벼랑으로 서 있는 운동장
머지않아 머리 위로 쏟아져 내릴 구름들
아래
내가 된 풀들의 무성한 범람

그러니, 불어가네 아이들 없는 교실 유리창 너머로
끝없이 꺾어진 골목의 미로 속으로
나보다 길어진 그림자를 데리고
운동장을 옮기네

바람의 속삭임이 계속되고 있네

모든 게 한철이었을 뿐
내일의 오늘은
아무도 나의 어제를 질문할 권리가 없네

저녁 일곱 시

어둡기 전에 가야 할 곳이 있다는 건
오늘의 무언가로부터 멀어져야 한다는 것
이 비린내 나는 호흡기를
이제 그만 내려놓아야 한다는 것
그리고
다시는 오늘로 되돌아갈 수 없다는 것

다 노래하지 못한 시간이 하수구로 흘러들었다

천사들이 날개를 되찾으러 오르는 계단은
지난 아침을 말짱하게 반짝거리고
하루에 묶인 하루는 차양 아래 펼친 좌판 위에서
떨이 생선들의 무덤을 이루고 있다

알고 있다 이제는 모두 이제가 된 이야기들
구태여 확인하지 않아도 모두가 아는 사실들

아, 그런데

저녁 일곱 시의 소매 속에 숨긴 게 과연 숨 쉬는 아가
미인가

돌아갈 곳 있으니 살아 있다고 믿는 사람들은 이제
살아 있는 사람들뿐인가

돌아온다 다들
되돌아간다

걸어오던 사람

그의 일생이 구름이었다고 해서
오늘이 달라지는 건 아무것도 없다
골목이었는지 아니면 큰길이었는지
그의 길에 관해 우리는 아무것도 아는 게 없다
우리는 그의 오랜 보행을 함께 행보했었다 그러니
그가 나무 그늘 아래 잠시 쉬기도 하면서
걸음을 멈추기도 했었다는 건 확실하다
우리 또한 그랬었으니
그가 이리로 오고 있었을 때
공원의 텅 빈 공허를 산책했을 때
우리는 아이를 낳았다 아이가 자라고
아이가 아니었던 그의 생의 알리바이는
나무였다고 해도 어쩔 수 없고
피리 불던 낭인이거나
꽃바구니 든 할머니였어도 괜찮았다
우리는 오늘 그에 대해 어떤 말을 할 수 있는가
그가 사라졌다는 건 길만 남았다는 뜻, 그러니
길은 결국 그의 것이 아니었다
돌아보면 텅 빈 길

나는 결국 그였고, 그는 곧 당신이기도 했다
장례식의 주인이었던 그가 없는 아침의 길이
머리 위에서 반짝거린다
지난밤 지상의 어느 밀림에선 새로운 종의 새 한 마리가
태어났을지도 모른다
그가 떠난 세상에는 늘 할 말이 따라붙는다
걸어서 여기까지 오지 못한 다른 누군가가
이리로 오고 있다는 걸 모두 알고 있다
여기까지 오는 동안 우리는 이미 다 보았으니
그가 없다고 해서 이제가 달라질 건 아무것도 없다

오래된 밥

말로 자라는 아이와
밥으로 아이를 키우는 엄마
밥 먹은 아이는 엄마에게 말을 뱉어내고
엄마는 아이에게 밥을 먹이고
밥이 만드는 말을
하루 세 번씩 하얗게 씻어 안치는 엄마
어제는 공룡을 만든 아이가
오늘은 나무를 만들고
하늘을 만들고
새를 만든다
아가야 너 언제 세상을 다 만들래
엄마는 참 오래도 기다리는구나
대견하구나 이 많은 말들을
한 숟갈에 퍼 담다니!
엄마의 말을 다 먹으면
더 이상 엄마가 없을 아이
아이에게 다 먹이면
아이를 영영 잃어버릴 엄마가
식탁에 마주 앉아
밥을 먹는다

너무 큰 욕조에서의 독서

내 안에 고래가 산다
고래를 생각할 때마다 삶의 행간이 파도쳤다
파도는 가장 오래된 상형문자
바위 벼랑마다 암각화를 새겼다
고대로부터 고래는 키가 커
그가 지나간 길은 강이 되었다 그러니까
강은 고래가 지나간 자리라는

몽상적인 저녁의 역사는 수증기로 피어오른다
나는 두렵다 지나온 날들을 기록해 두지 않아서
내 노트는 너무 맨질하고
하얗게 깨끗하다
누구나 그렇게 비어 있다면 문제는
또 다르겠지만

세상이라는 별명을 가진 바닷가 우주 모텔
장기투숙자 명단에 이름을 써넣은 지
수십 년
책 속으로 걸어 들어가다 미끄러져

간도 쓸개도 없어져 버린 나는
독도법을 아직 모르고 화살을 날릴 줄도 모르는

바보

오늘도 몸만 불린다
암각화 속의 고래는 이미 죽었고
예나 지금이나 유일한 고민은
몸을 다 담그기도 전에 글씨들이 젖을까 봐
전전긍긍하는 것
책을 머리에 이고 고래의 강물을 헤엄쳐
거슬러 올라가야 한다는 것
내 소망은
암각화의 사자 꼬리에 매달려
땀 흘리며 사냥의 시간 한 번 즐겨보는 것
아, 하지만 문제는 머릿속
타일 벽이 여전히 너무 희고, 깨끗하다는 것
영생의 기록도
단지 오늘 저녁뿐이라는 것

어제의 고래가 죽고
아무런 기록도 없는 내 몸에서 다시
뜨거운 물이 흘러나온다

두 걸음 뒤

지난 4월을 기억하세요?
오른쪽 어깨에 산을 받쳐 들고
왼 겨드랑에 호수를 끼고
길모퉁이를 돌아 걸어가다가
당신이 말했습니다
저 꽃이 진달래가 아니라
오렌지였으면

나는 생각했지요
아마도 당신은 작년 이맘때
오렌지를 맛보았겠네요 설사 그게
오렌지가 아닌 태양이었을지라도
오늘 당신은 그걸 오렌지라 부르는군요
이해해요
눈이 부시면 오렌지가 생각나지요
오렌지는 둥글잖아요 당신은 지금 여기서
둥글어지고 싶은 거잖아요 진달래꽃이
당신의 신발을 둥글게 하는 걸 보고 있잖아요

당신의 마음속 오렌지
둥근 호수를 둥글게 돌아
처음의 자리로 돌아왔을 때,
우리가 내렸던 자동차 문을 다시 열었을 때
거기, 오렌지가 있었고
당신은 오렌지 봉지를 내게 내밀었지요
이게, 오렌지예요

오렌지를 받는 4월이라니!
놀랐어요 호수를 한 바퀴 돌아오는 그사이에
당신은 엄마가 되어
또 다른 오렌지를 낳아놓았었네요
나는 두 걸음 뒤에서
당신의 지독한 산통을 오후 내내 지켜보았고요

당신의 자동차는 당신의 의지대로
예정대로, 아주, 천천히,
해지는 쪽으로 굴러가고 있었지요 4월, 그날

아흔아홉 개의 표지판이 있는 길

그 울보, 당나귀를 몰고 가고 싶었지만
할아버지가 먼저 데리고 갔지
비가 내렸다고도 하고
눈이 내렸다고도 하는데
길 나선 할아버지는 당나귀만 끌고 가다
집과 애인을 잃어버리고
어린 당나귀처럼 길 위에서 울었다고도 하는데
눈물이 길을 다 적셨다는데
알고 보니 이건 다 가로수가 지어낸 얘기
심심한 바람이 들려준 유머
난 한 귀로 듣고 한 귀로 흘렸지
그렇게 지나왔다고
내가 말하면 거짓말이지
당나귀를 끌고
애인을 잃어버리고 집 나가 울던
할아버지는 대체 어디로 간 거야, 하고
마차 바퀴에게 묻는다면 그건
길에 대한 예의가 아니지
가로수는 나 지나갈 적에 이미 서 있었던 것

바람은 처음부터 길 잃었던 것
하므로, 누가 알까 이 길로
대체 몇 개의 슬픔과 절망과 욕설이 지나갔는지
얼마나 눈물겨운 사랑이 좌우로 어긋났는지
그러니 아흔아홉 개의 표지판은 온통
거짓말투성이
길에서의 추월은
먼저 길을 지우기 위한 안간힘이었을 뿐
돌아보니, 아득히, 어쩌면 이제
알 수도 있겠네
길 위에서 만난 얼굴들
헤어진 사연들
표지판만 나풀나풀
추억으로 나부껴
할아버지 없는
그 많은 무덤들

3부

그 나이쯤 되면

다음은 일요일

이 공을 어디로 굴려 갈까요?
고양이가 고민하는 봄날입니다
공이 있으니까 고민이 생긴 거지요
굴려 가야 할 세상이 생긴 거지요

어제와 오늘이 다른데

바라보면 모두가 부풀린 귀를 가졌지요
봄 나무들 말입니다
나무들의 거리 말입니다
고양이가 공을 굴리고
나무들 사이를 요리조리 지나갑니다

봄에 생긴 지상의 고민
하늘이 알 리 없지요
이 봄을 굴려 어디로 갈까요
작년의 길은 매력 없어요
그러니 새길을 찾아
다음 일요일을 기다립니다

나무들이 좀 더 둥글어질 때까지요
겨우내 자란 뾰족 발톱을
다 깎을 때까지요

물의 회상

돌의 심장 하나 갖고 싶었다
시간보다 느리고 긴 길을 견디며
아주 천천히 둥글어지는 마음을 갖고 싶었다
무수한 이름들 스쳐 지나고
간간이 말 걸어보기도 했지만
저마다 모양과 빛깔을 고집하는
무수한 몸의 언어들과 제대로 소통하지 못했다
저들의 세상으로 온전히 스며들 수 없었다

소용돌이와 침묵의 시간을 지나
비로소 알게 된 건
여전히 길 위에 있다는 것
울고 싶지 않을 때 울어야 하고
웃고 싶지 않을 때 웃어야 한다는 것

욕망이 생겼다 그때부터
악어의 이빨과 코끼리의 코로
씹고, 숨 쉬는 거였다
죽을 때까지는

죽지 못할 지상에서
나를 닮은 돌멩이 하나
나뭇잎 하나 만들어보고 싶었다

둥근 지구에서
영원히 뛰어내릴 수 없었다
버리고 가야 할 게 너무 많았다

전화기가 고장 났다

할머니는 영원한 뒤뜰이었다
팔이 너무 짧아
간장독에 빠뜨린 틀니를
다시 건지지 못했다
할머니의 대추나무가
봄 하나를 더 족두리 쓰지 못하고
뒷동산 할미꽃이 되었다
할아버지의 무덤으로 날아가
빈집이 되었다 해가 지면
목소리가 들렸다
할머니와 할아버지가
사라진 손자를 불렀다
저는 아직 세상 속에 있어요
잘 있으니 걱정 마세요
그러니까 자꾸 찾지 마세요
둘만의 산이 적적하면
집으로 다시 돌아오면 되잖아요
저는 할머니 같은 애인과 함께
할아버지의 오랜 하늘을 매일 날고 있어요

당신들의 머리 위를 늘 지나가지만
너무 높이 떠 있어서
안 보이실 거에요 불쌍한 당신들
너무 일찍 지나가서 모르는 게 있었어요
아세요 당신들이 구름이라 여겼던 게
사실은 비행운이었다는 것을요

유월의 구름

흙먼지 뒤집어쓰고도 하얗게, 환하게 웃던
아까시꽃이 너무 눈부셨을까
길이 피를 더럽혔다고
이제 그만 객석에서 일어서야 한다고
극장 뒷문으로 공기처럼 조용히 사라지던 그를
아무도 눈여겨보지 않았는데
스크린에서 계속되는 도살
관객들은 너무 잔혹하다며 아우성이었는데
어떤 매몰지도 그를 기다리지 않아
소리 없는 세계로 가고자 했던 걸까
나이가 서른 살이었던 건
그가 이십 대의 산맥을 지나왔다는 것
모든 소멸을 무사히 버텨냈다는 것, 그러니
자 이제 어디로 간다?
복수로 무거워진 배를 끌어안고서는
복수를 꿈꿀 노릇도 이미 아니었는데
총도 아니고 칼도 아닌
말씀으로 내일을 예언하던 일기예보
믿지 못하고 멈출 수도 없어

그는 허공에 발을 내딛기로 했다
내 귀가 너무 커져서 그래
옥상을 긋고 지나간 단 한 줄의 유서
그가 49층에서 떨어져 죽은 건
그가 49층에 살았기 때문이었다 마침내
영원으로 가는 탈출구 하나
발견했기 때문이었다
30만km를 몸통에 새긴 자동차 지붕 위
우산 쓴 조문객들이 흘린 눈물로
아까시 꽃무덤이 완성된 아침이었다

발 시림과 치 떨림

네 살을 기억한다면
아흔네 살을 기억하지 못할 이유가 없네

첫사랑이 아프다면
마지막 사랑이 안 아플 리 없네

언덕에는 바람집이 있고
집주인인 바람의 발가락을 주무르는 하녀 안마사
나무가 있고

바람과 나무 사이를 통과하는 사람이 있다
발 시림과 치 떨림

그것이 어떻게 동시에 가능한지

네 살의 바람과
아흔네 살의 나무가

왜 함께 첫사랑을 아파하는지

마지막 사랑을 끝내 기다리는지

바람은 치를 떨고
나무는 발이 시리고

새가슴 인형극

마침내 시월이 왔어 만화책 속으로
여름내 사랑했던 소녀가 사라지고
거리의 나뭇잎들 떨어지면, 그거 알아?
무수한 어제들이 반송 편지가 되는 거
지하 계단 아래 만화방
담배 연기 속 열대야를 후회하는 순간
봉투 속 글씨들이 다 지워지겠지
백지 구름 위에서
몽당연필들이 사열을 하고
손톱 지우개는 동그라미에 갇혀 비눗방울을 날리고
추억을 염탐하는 관객들의 보도블록이
썰물처럼 바다로 걸어가겠지

그래, 난 다만 눈 감고 서 있으면 된다고?
빈 우유 깡통을 허리에 매달고 늙은 젖소가 지나갈 때
까지
하지만 물구나무와 휘파람은 내게 너무 가혹한 주문
지상에 내려온 천사들은 이제 할 일이 없네
양초로 날개를 떼어 닦다가 불이 붙었네

음악 없는 연주회장엔 슬픈 포스터뿐
늙은 피아니스트는 나무에 기대 아까부터 울고 있네
피아노에 노란 은행잎 차압 딱지가 붙었네
콩닥, 콩닥, 콩닥
빨간 심장 뛰는 소리 들리는데
순번을 정해
먼바다로 떠나는 기차를 타자고?

폭죽이 터지고 풍선들이
새파란 하늘로 날아오를 때
편지 쓸 소녀는 이미 여기 없을 거야
반송 우편물들로 넘쳐나는 거리에서
무슨 노래를 더 하라는 거야?
떠날 시간이야
기차가 왔어
다 떠나고 나면 시월이 갈 텐데
혀가 차창에 들러붙을 때까지
난 건널목에서 손이나 흔들고 서 있으라고?
그렇다면 나도 좀 슬프겠지만

어쩌겠어, 불쌍한 벙어리 소녀를 배웅하는 게
내 마지막 역할이라니

3월

목련이 피고
너의 기차가 탈선한다

햇빛 다시 투명해질 때
꼬리 긴 개가 빈집 바라보며 컹컹, 짖을 때
먼 산에 그 투명한 햇빛 그 컹컹 소리
스며들어 눈시울 붉을 때
언젠가 지나간 적 있는 땀 젖은 길섶
목련 나뭇가지가 막 피워낸 제 잎을 견디며
오후를 버틸 때
황혼에서, 다시 황혼까지
태양이 흘러간 길은 남아 있지 않지만
달의 완성을 꿈꾸며 어둠을 한없이 파먹고 있는
60억 개의 붉은 심장들
동행이 죽기보다 지겨워진 지구 여행자들

너의 비행기가 추락한다
목련이 지고

네모 물고기

네모난 창, 희미한 달빛
네모난 타일 위에 누워 네모난 책을 읽다가
네모난 상자 속에 네모를 내려놓고
네모난 방을 나와
네모난 주방에 물 마시러 가다
네모난 응접실에 멈춰 서서
네모난 어항을 바라보고 있으면
네모난 베란다
희미하지도 않은 너무 큰 네모
물고기가 무서워
네모 속으로 들어가
물고기가 어떻게 어둠을 숨 쉬는지
네모에 갇혀 있던 물고기가
어떻게 네모를 빠끔거리며
유유히 탈출하는지
물고기 속으로 들어가
어항을 삼키고 네모가 된 물고기
물고기 속의 무수한 네모들
생각하니, 네모인 너도

네모 물고기에 홀려
어느 날 내 안의 네모로 헤엄쳐 들어와
온통 슬픈, 모서리가 되어
네모난 달빛이 되어

새의 실종

나는, 새

설령, 날아가는 구름을 다독거려 잠재우는 법을
진작부터 알고 있었다, 해도

허공은 영원한 의문
없다, 하면 내가 지워지고
있다, 하면 세계가 지워지는

그러니, 그건 단 한 번도
내 밖에 있었던 적 없었지
마음에 태양을 걸어 놓고, 검은 나무를 세워 두고
햇빛 사다리를 걸쳐 놓아도
그건 어디까지나 내 안의 일
나만의 은밀한 눈부심
오늘도, 저녁이 왔으므로
세상으로부터 나를 빼돌리네

어디로 돌아가야 하는가

하지만, 노을을 욕하면 안 되지 자칫하면
저녁에 대한 찬탄의 노래로
들릴 수도 있겠으니

날개 접는 일은
노래를 끝내는 시간과 같아
나, 이제부터 오늘을 다시 집 지어야 하리
세상 너머에서
하루만 더 살아남기 위해

회상, 4월

어제, 아니면 그제
거의 동시에 땅에 스민 빗방울이라도 있었던 것일까
서로의 눈물을 닦아주며 자라던 나뭇잎들
지난가을의 운명을 이미 알고 있는 새들이
목울대에 숨겨둔 녹음기로 장송곡을 틀어주기도 했는데
울음을 되찾은 물은 물소리로 흘러내렸다
땅을 바닥 치는 천둥
하늘을 얼굴 가리는 지상의 여린 손바닥들
이제 다시는 집 짓지 않겠다고
작년의 유령들이 산벚나무 꽃 더미에 돌아와 앉아서
놀았다
흰자위 눈빛으로
곁눈질로
세상을 염탐하면서
그 꽃그늘 아래 가쁜 숨 고르고 서 있으면
해거름까지 서슬 퍼런 작두 타고 한바탕
신명나게 놀고 싶었다
영혼을 꺼내 들고 요령소리로
시월은 작년의 잎들을 고스란히 간직하고 있다

속삭임에 대하여

온종일 바닷가에서 놀다 돌아와
떠밀려 온 해초처럼 드러누운 밤

거리만큼 멀어진 파도 소리가
베갯머리에 닿아 있는 한 올 머리칼로
간지럽다

먼 파도 소리는
물 든 유리잔에 손 처음 대었을 때
잔의 내부에 이는 미세한 떨림

아슬한 우주로부터
지상의 나뭇잎에 처음 와 닿은
별빛의 모세혈관을 투과하는 속삭임

입 앙다문 모시조개 껍질 속으로
마술처럼 스며드는 그리움이다

마음 등불 하나,
하나만 겨우 꺼지지 않는

그 나이쯤 되면

아닌지, 문득 곁눈질로라도
어둠이 그리우면 몸이 쇠했다는 증거
누구나 그 나이쯤 되면
혼자 가게 되는 것 아닌가
그만큼 했으면 싸움질도 싫증이 나고
거친 숨과 뜨거운 몸도 식힐 줄 알지 않는가
열어놓은 마음 문틈으로 얼비치는 죽음 그림자
그걸 모시느라 여기까지 당도했다는 걸
깨닫게 되지 않는가
고통하며 세운 모든 것들이
결국은 세월 속에 무너내리는 소리 들리지 않는가
누구나 그런 죽음의 몸종으로 한세상 살아왔음을
아는 것 아닌가
길은 늘 생애보다 길게 마련인 것
그 길 도중에서 나 죽으면
눈 귀 어두워지면
남겨진 길로는 몸 떠난 마음만 갈 일인 것을
마음만 자욱이 운무에 헤매일 것을
그런 어둠 속으로

몸 끄느라 지친 마음만 죽음을
죽도록 그리워하는 것을, 그런 때
곁을 질러가는 무명의 개 한 마리 예사롭지 않네
가을 깊으면 개도 집이 그리운 건지
휘청휘청 쿵쿵거리며 옛 기억 더듬어 가네

저, 봄산의 아우성

보니, 봄산은 길, 옆에 있었네
내 유랑 잠시 부려놓은 실내, 혹은 내실
봄산에서, 녹차를 달여 마시네
이제, 시작인가 다시 가야 하는가
따스한 녹차 잔 움켜쥐고 창밖을 기웃거리네
보자니, 누구나 그러했겠으나, 나 또한
태어날 땐 최초의 인간이었네 이 사실을
알기까지 반생이 족足히 걸렸네 난 내가
살아남은 마지막 인간이라는 것도 아네
내가 소중해지는 이유 비로소 알겠네
아직 주인 없는 내 안의 능陵, 혹은 묘墓
멀리엔, 강江이 있네 강은, 여전히 흘러 강이지만
지나간, 물의 시간은 어떻게 불러주어야 할지
저녁 다하도록 곰곰 생각 중이네
나, 저 강 바라보는 최초의 내가 아니듯
더, 먼 곳에서 강을 째려보고 있는 저, 봄산
보아주며, 보아만 주며 처음의 자리에
다시 돌아와 앉아 있는 저, 봄산
나, 마지막 인간은 반생을 지나, 오로지

목숨 하나로 떠억 버텨 왔을 뿐인데
저, 봄산은 신생新生을 함부로 토해, 퍼지르네
초록을 꿈꾸는, 연록의 무량 촉수를
기 쓰고 부활하네
나는 나를 위해 살아야 한다
나를 위해 살아야 한다
그러네 아아 신생은 태어, 남이 아니라
다시, 남이라는 사실을 아프게! 몸서리치네
내 유랑에 반 틈 남아 찰랑거리는
잔의 녹차가 다, 아 식도록

헤드라이트

머릿속에 그려 넣은 지도가 지워지고 없을 때

검은 구름이 붉은 구름을 낳아놓고 자신은 비가 되어 내릴 때

차선을 바꾸자 앞서 굴러가던 바퀴가 문득 터널 속으로 사라졌을 때

고라니의 눈동자를 근심하는 중앙선으로 날개 단 고양이가 불쑥 뛰어들 때

부릅뜬 눈이 어둠을 비추며 길 밖의 모든 배경을 지울 때

내가 가고 있는지 길이 가고 있는지

페달이 된 발가락이 자꾸 간지러울 때

옆자리에 앉아 있던 표지판이 안전띠 맨 가로수로 바뀔 때

다 지나왔다고, 여기가 종착이라고 한숨을 내쉴 때

음악 없는 행진을 멈추고 차창에 비친 낯선 풍경에게
안녕, 손을 흔들 때

문 열고 내려서며 안에 두고 온 지난 여정을 가두어 잠
글 때

누구나 여기가 여행의 종점이라 말했으나

그대가 그대의 길을 슬리퍼 끌고 마중 나올 때

부화 孵化

　겨울 소읍이 텅 비어 있네 중심을 관통하는 강이 얼어
서 정적의 무게가 한결 더 나가는 표구점 통유리에 갇힌
소읍 배후의 설산을 흘깃, 보네
　여백이 거느린 바위산이네 산이 눈을 제 장배기에 덮
어씀으로 해서 비로소 생성되는 소읍의 침묵
　워낙 거대한 원경이라 나무며 짐승의 숨소리조차 들리
지 않네
　산은, 침묵을 완성하려면 최소한 제 덩치만큼의 허공
이 필요하다는 걸 보여준다고 생각하면서 눈알을 떼어
내 내가 가야 하는 저쪽, 인사동 끝 골목의 음식점 방향
을 주시하자니 고개를 푹 꺾어 숙이고 제 발끝을 내려다
보며 걸어오고 있는 비구니의 동그란 머리통과 내 눈이
만나네
　세속의 머리칼을 완전정리해 버리고 허공과 공허의 경
계마저 없앤 몸으로도 어디 가야 할 데가 더 있다는 건
가
　그녀가 내 곁을 스칠 때 내가 느낀 건 그녀에게 젊음이
아직 남아 있다는, 그녀의 육체가 아직은 쓸 만하다는,
옷 속에 감춘 생각을 알 길 없는 그 길로 그녀가 가고 있

다는 세속적인 단정!

　그때, 희끗희끗 눈발이 비치기 시작했네 설산도 지나고 그녀도 지나친 찰나 지경에 돌아보니 그녀의 뒤통수가 무슨 알같이 둥글게 침묵을 완성하고 있네

　내가 그 속에서 방금 깨어나온 모양이네 이제껏 내 삶은 침묵의 배후에서만 유효했으니 ― 그녀의 등 뒤로 다가서서 그녀의 업業에 감춰진 육肉을 덥석, 껴안고 싶어졌네

까마귀

같이 울자 눈발 속에서
잠깐 웃자 같이 머문 햇빛 아래서

성황당 느티나무에 매달려
날개 접고
아침을 맞고

눈빛만으로
오늘의 머리 위를 더 멀리 날아가는

우리는 영원한 어둠의 종족이었다
검은 옷을 입었으니

죽음에 대한 전율도 없이
지나간다 부리와 발톱의 슬픔을
더불어의 외로움을

곁에 있던 누군가에게 어제가 없었는지
곁눈질로 확인하면서

내 눈은 늘 오늘을 기웃거린다

슬픔 택배

행복하니?
구름이 한 거짓말
그녀에게 한 거짓말
지나온 밤이 어둡지 않았다고
등 토닥이며 걱정 말라고
잘 될 거라고
밤길을 낮길과 바꾸고
비를 눈과 바꾸고
그녀를 다른 그녀로 바꾸고
아니었던 것을
모든 게 아니었던 것을
잘 됐다고
한 번도 아픈 적 없었다고
아픔의 곁다리
마음도 상처도 없었다고
추억이라고
아침 거울 앞에서
젖은 머리가 고백했지만
잃어버린 손가락

지나간 시간들
지워진 약속들
지느러미 없는
서랍 속 물고기들
포크로 찍어낸
흑백영화의 주인공들
한 상자만 주문했는데
어째서 두 개의 상자가
초인종 울리는 거냐고

저쪽

별들이 시계를 깜박이고 있다
밤의 옷장에서 꺼낸 노랗고 파란
혹은 붉은 빛 외투를 입고

언제까지 빛의 이름으로 빛나야 하는 거지?

몸으로 보여주는 마음의 형상들
그걸 말로 꾸며내는 몸짓들
고민해 봐 알고 보면
저들도 수많은 별들의 하나

어떤 별은 아침
어떤 별은 저녁
어떤 별은 어른처럼 칭얼거리고
어떤 별은 아이처럼 침묵하고
어떤 별은 수도사가 되어
사라진다 우주 너머로

뒤편을 끝내 보여주지 않는 건

어제도 뒤편이 없었기 때문

비가 내린다 육지와
바다가 사라졌다 문득
지중해가 궁금하다

요술 냉장고

오늘은 살煞 없는 날
겨울도 김장김치만큼이나 시었는데요
괜한 입씨름도 곰삭은 젓갈의 큼큼함과
몹쓸 냉기 너머에 뜬 새벽달처럼 멀고 공허한데요
당신의 호두알을 깹니다
수많은 골목이 들어 있지만
훔쳐낼 게 아무것도 없어서
계절의 도둑마저도 다녀가지 않았는지요
새된 소리로 웅웅거리는 이 허기 좀 들어 보세요
장롱 속 레고로 번듯한 성채 하나 짓고 싶지요
당신은 창문을 등짐지고
햇빛이 너무 무거워 반지하로 내려왔네요
오늘은 문 열어 볼까요
호두알보다 견고한 슬픔 만개한 날
개나리 피고
당신이 이사 가는 봄날이니 말이에요
당신에겐 반지하의 어둠이 잔뜩 들어 있어요
알고 있지요 코드를 뽑아버려도
당신의 겨울은 내내 무사하다는 걸

보아요 얼음 무대를 잃어버린 불쌍한 마술사가
흰 서리 비둘기 한 마리
당신 옷소매에 숨겨두고 도망치네요

빵들의 무덤

1
빵집이 있지요 낙타 발자국 따라
사보텐 터널 속을 이틀 동안 걸어가면
방울뱀들의 방울 소리 들리는
티라노 해골로 세운 아치형 출입문

사막을 건넌 사람만이 빵을 맛볼 수 있다네요
너나없이 빵을 사랑하지만
아무도 빵집 문을 두드리지 못하죠
달군 오븐 같은 사막이 두려웠기 때문에

세상은 전쟁 중이었다는데
나는 태어나지도 않았었지요

아주 오랜 시간이 흘러

2
식탁 하나를 사이에 두고, 젊디젊은 엄마와
늙디늙은 딸이 마주 앉아 있어요
— 애야, 못된 너는 왜 젊지도 않은 거냐

밀반죽처럼 부풀기만 하고
빵에게 미안할 줄도 알아야지
— 엄마, 아빠들이 다 어디로 사라져버린 거야?
이러다가 빵 굽는 시간을 놓치겠어
곰팡이가 자꾸 피는데, 방부제를
좀 더 넣을까

타이머 맞춰 놓은 시간을 숨 쉴수록
자꾸 어려지는 엄마는 빵 봉지 사러 가고
주름투성이 딸은 침대에 누워 우유를 마셔요
창문으로 막 도착한 엄마와 딸의 태양이
여전히 둥근데

오늘은 빵 먹는 날, 먹어도 먹어도
배고픈 우리
빵집 찾아 떠나요 지구 어딘가에 빵들의 무덤이
수북이 쌓여 있어요 하지만
안심하세요 사보텐과 방울뱀의 사막은
이제 없을 거예요 오늘 아침
잘못 만든 태양 오븐이 몽땅 태웠으니까

미련

이제 막 터널을 빠져나온 바퀴처럼

죽기 전에 가야만 할 데가 있는 것처럼

천둥치는 날 우산 쓰고 실연의 강둑을 걸었던 기억처럼

오직 내게만 남아 있는 얼룩말의 옆구리 무늬처럼

아파서 갔다 온 적 있는데 거기가 어디였는지 기억나지 않는 것처럼

아버지 생전으로 되돌아가시고

아우가 먼저 가고

그런데 나, 여직 멀쩡히 살아 있는 것처럼

살아서 아픔의 힘으로 무언가 해야 할 거라도 있는 것처럼

살아 있으니 살아야 한다는 헛말이라도

당신에게 건네고 싶은 것처럼

인간의 본질과 삶의 가치
― 최 준의 시 세계

권 온(문학평론가)

1.

지그문트 바우만Zygmunt Bauman에 따르면 "지상에서 짧게 체류하는 존재로서의 인간은 영원永遠 속의 존재로서의 신神과 같다.(Man is in his short sojourn on earth equal to God in His eternity.)" 바우만은 '인간'과 '신'을 '시간'의 관점에서 대조적으로 파악한다. '순간'의 존재로서의 '인간'과 '영원'의 존재로서의 '신'의 구도를 형성하는 것이다. 바우만의 진술을 복합적으로 뜯어보면 '인간'과 '신'이 전적으로 대비되는 대상은 아니다. 조금 더 정확하게 이야기하자면, '인간'과 '신'은 서로에게 영향을 줄 수 있는 팽팽한 긴장 관계에 놓여있다. 끝없이 이어지는 시간으로서의 영원이 '신'의 시간이라면, 지극히 짧은 시간으로서의 순간은 '인간'의 시간인 것이다. 어쩌면 인간은 자신에게 주어진 한정된 시간을 영원처럼 대할 수 있지 않을까? 어쩌면 인간은 자신에게 제공된 짧은 시간을 영겁의 세월처럼 대해야 하는 게 아닐까?

최준의 시집 『칸트의 산책로』에 수록된 일군의 시에는 '인간'의 본질을 향한 신선한 질문이 그득하다. 시인은 이번 시집에서 지상에서의 짧은 한때를 영위하는 인간을 치열하게 탐구한다. 이 글은 그의 질문과 탐구를 이해하는 데 바우만의 진술이 도움을 줄 수 있을 것이라고 생각한다. 「주목朱木」 「모서리가 없다」 「현관의 수사학」 「내 안의 운동장」 「걸어오던 사람」 「오래된 밥」 「물의 회상」 「미련」 등 최준의 시를 읽는다는 것은 인간의 삶을 사는 일과 다르지 않다. 이 글은 시인이 세우고 가꾸는 존재론 또는 운명론에 집중할 것을 제안한다. 최준의 시에 담긴 철학 또는 사상思想을 구체적으로 확인할 때이다.

2.

붉다! 그 이름만으로도
나는 이미 전생을 엿본 것이다
이 붉은 내 안의 거대 묘지는, 그러니까
죽음이지만 슬프지는 않은 것이다
슬플 노릇만은 아닌 것이다

나는 영생을 살아낸 것이다

묘비 하나 바로 세우면 전생도 달라진다는,
계절과 시간을 뛰어넘은,
모든 흔들림 다 죽여 버린
저 견고한 정적

굳이 주목받지 않아도 되는 것이다

천 년을 주목하지 않아도 그만인 것이다
　　　　　　　　　　　　　—「주목朱木」 전문

　　최준은 '주목'을 바라보고 생각에 잠긴다. 시인이 포착
한 '주목朱木'은 기구, 조각, 건축재 또는 붉은빛의 염료로
쓰고, 정원수로 재배하는 주목과의 상록 침엽 교목이다.
그는 '주목'이라는 이름에서, 조금 더 구체적으로는 '주朱'
곧 '붉다'라는 표현에서 강렬한 영감을 받은 것으로 판단
된다. 최준이 '주목'에서 "엿본 것"은 '전생前生'이다. 그에
게 '전생'은 '묘지'이자 '죽음'이다. 놀랍게도 시인이 이해
하는 '죽음'은 전적인 '슬픔'이 아니다. 오히려 그는 '영생'
을 찾아낸다. 최준의 긍정성은 또한 '주목'에서 '견고한
정적'을 추출한다. 그는 삶을 지배하는 "모든 흔들림"이
사라진 상태를, "계절과 시간을 뛰어넘은" 어떤 고요의
상태를 '주목'에서 발견한다.
　　이 시의 1연과 2연이 '주목朱木'을 다뤘다면 3연과 4연
은 '주목注目'을 이야기한다. '주목朱木'에서 '주목注目'으로

의 이동은 시인의 뛰어난 역량을 보여준다. 최준에 따르면 '주목朱木'의 '붉다'와 '견고한 정적'은 '주목注目'에 연연하지 않은 삶을 이루어준다. '주목朱木'을 이해하고 받아들일 수 있다면 우리는 더 이상 "굳이 주목받지 않아도 되는" 삶을 살아도 된다. 우리는 더 이상 "주목하지 않아도 그만인" 삶을 살아가면 되는 것이다. 놀라운 성찰의 시가 아닐 수 없다.

    나무가 길에 대해 고민할 때
    컴퓨터 모니터가 나무를 말하지 않을 때
    화가 나지 않는다 그 이유를
    나무에게서 찾지만 않는다면, 당신은
    행복한 사람

    해와 달에게 목을 매달고
    별빛을 이파리에 주워 담으며
    나무는 둥글어진다 나날을
    둥글어 간다
    생각해 보라 당신 주방의 탁자 모서리는
    나무가 만든 게 아니다 아시다시피
    나무는 둥근 일생
    오직 둥글어지기 위해
    일생을 고민하는 생

    그러니까 둥글다는 건

모서리가 없는 게 아니다 당신이 둥글다는 건

나이테의 그늘에 앉거나 서서 선선히

세월에 고개 숙이기 시작했다는 것

마침내 모서리 하나

어렵사리 완성했다는 거다

　　　　　　　　　　—「모서리가 없다」전문

　이 시를 읽는 독자들은 혼란스러울 수도 있다. 갈림길
이 반복적으로 나타나는 느낌을 받을지도 모르겠다. 초
점을 맞추기 어려운 상황에 노출되는 것이다. 이 시를
읽는 일은 수수께끼를 알아맞히거나 퀴즈를 푸는 행위
와 닮았다. 1연을 보면 '나무'와 '길'과 '컴퓨터 모니터' 그
리고 '당신' 등이 등장한다. 의미 파악이 쉽지 않은 아리
송한 상황이다. "고민할 때"와 "화가 나지 않는다"와 "행
복한 사람"을 연결하면 어떻게 될까? 고민거리와 마주할
때, 화를 내지 않을 수 있다면 행복에 조금 더 가까이 다
가설 수 있다는 의미일까?

　2연에 접어들면 흐릿한 사물의 윤곽이 보이기 시작한
다. 핵심은 '나무'이다. 특히 "둥글어진다" "둥글어 간다"
"둥근" 등 '둥글다' 관련 표현들에 눈길이 간다. 최준은
왜 "주방의 탁자 모서리"와 같은 '나무'의 '둥근 일생'에
주목하는가? 시인은 '나무'의 '둥근 일생'을 삶의 지향점
으로 해석하고 있는지도 모른다. "일생을 고민하는 생"
이란 '나무'의 그것인 동시에 '당신'의 그것이고 더 나아

가서 독자의 그것일 수 있음을 알려주고 있는 것이다. 최준에 의하면 삶은 마지막 순간까지 생각하고 고민하는 과정이다.

3연에 이르면 이 시의 제목 '모서리가 없다'를 해결할 수 있는 가능성이 솟아오른다. 우리는 일반적으로 '모서리가 없다'와 '둥글다'를 동일한 의미로 이해하지만 시인은 다르게 파악한다. 그에 따르면 '둥글다'는 '모서리 하나'를 "어렵사리 완성했다는 거다" 최준은 이 시의 제목을 '모서리의 완성'이 아닌 '모서리가 없다'로 선택함으로써 작품이 뿜어내는 긴장감을 끝까지 유지하려고 노력하였다. 나무의 '나이테'가 늘어나듯이, 인간의 '세월'도 쌓인다. '모서리가 없다'는 것은 '모서리'의 완성이라는 것, '모서리'가 '원圓'이라는 시인의 깨달음이 찬란하다.

나간다와 들어간다
사이에 신발장이 있다 문이 열리면
한 켤레의 신발이 떠나고
떠났던 신발이 돌아와 빈자리 찾아든다
해풍의 소금기에 절어 있기도 하고
달라붙은 나뭇잎이 파르르 떨기도 하고
오래된 도서관 서고의 활자들이 새겨져 있기도 한다
사라졌던 시간의 이 모든 거짓말들
흔적 없는 시간의 무늬들
모든 게 가설이고

모든 게 눈비의 교차점에서 생긴 착각들
여름의 신발들이 겨울에 갇힌다
겨울의 신발들이 여름을 기억한다
다음 페이지를 열면
언덕으로 오르는 갓길에서 견인차가 기다리고 있다
어떤 신발은 돌아오는 길을 잃어버리고
다시는 돌아오지 않을 거라고 중얼거리며
오늘이 마지막인 듯 신발장을 여는
아침이 있다

—「현관의 수사학」 전문

좋은 시는 독자에게 '자유'를 제공한다. 우리는 어떤 시를 읽으며 일상의 익숙한 공간이 마법처럼 날아오르는 순간을 경험한다. 최준의 「현관의 수사학」은 그런 시에 속한다. 시인은 누구나 수시로 드나드는 '현관'이라는 공간을 천착한다. '신발장'과 '신발'과 '문'이 위치하는 공간에서 최준은 드라마틱한 상상력의 파도를 일으킨다. 그는 신발이라는 사물에서 "해풍의 소금기"와 "달라붙은 나뭇잎"과 "오래된 도서관 서고의 활자들"을 발견한다. 시인은 관찰력과 상상력의 컬래버레이션collaboration으로 "흔적 없는 시간의 무늬들"을 그러모으는 데 성공한 것이다.

최준의 이 시에서 주목할 만한 일련의 표현으로는 '거짓말들'과 '착각들'과 '가설'을 빼 놓을 수 없다. 독자들은 신발과 "사라졌던 시간"이 어우러지면서 생성되는 거짓말들, 착각들, 가설을 어떻게 이해해야 할까? 일반적인 예상과는 달리 이 표현들은 부정적인 속성으로 해석되지 않는다. 시인은 어쩌면 거짓말들이나 착각들 또는 가설 등의 어휘를 활용하여 삶의 혼돈을 드러내는 것일 수 있다. 시간과 공간의 조합으로 구성된 삶이라는 이름의 과정은 늘 움직이는 것이어서 "여름의 신발들이 겨울에 갇"히기도 하고 "겨울의 신발들이 여름을 기억"하기도 한다.

최준에 의하면 우리는 매일 '아침' "오늘이 마지막인 듯 신발장을 여는" 삶을 영위한다. 어떤 신발은 현관을 향하여, 문을 열고 "다시는 돌아오지 않을" 수도 있다. 이 시는 이제 '현관의 수사학'을 초월하여 '현관의 철학' '현관의 사상'이 된다.

어울려 놀 적엔 모든 게 다 좋았네
한 뼘 땅을 빼앗기고도
언젠가는 되찾으리라는 믿음으로 병뚜껑을 튕겼네
흙 묻은 손이 마침내
빈 병이 되기까지

병의 정수리를 안간힘으로 틀어막고 있던 그것
수액이 몽땅 빠져나간 자리에 들어차던
바람의 투명한 육체

비워내면 언젠가는 다시 채워질 줄 알았으나

꿈이었네 운동장은 한없이 작아지고
아이들은 흩어졌네 빼앗고 뺏긴 땅을 놔둔 채
산 넘고
물을 건넜네

아니었을 테지 바람이 있긴 있었던가
빈 교실에서 유령의 손가락이 치던 풍금 소리가
뒷산 참나무 숲의 저녁을 푸르게 키웠던가

이제는 한 채 벼랑으로 서 있는 운동장
머지않아 머리 위로 쏟아져 내릴 구름들
아래
내가 된 풀들의 무성한 범람

그러니, 불어가네 아이들 없는 교실 유리창 너머로
끝없이 꺾어진 골목의 미로 속으로
나보다 길어진 그림자를 데리고
운동장을 옮기네

바람의 속삭임이 계속되고 있네

모든 게 한철이었을 뿐
내일의 오늘은

아무도 나의 어제를 질문할 권리가 없네
　　　　　　　　　　　　　　　　　—「내 안의 운동장」 전문

　최준 시인의 매력을 흠뻑 느낄 수 있는 작품이다. 이
시에는 '운동장'이라는 공간이 있고 '나'라는 이름의 시적
화자 또는 인물이 있으며 '바람'으로 표현되는 시간도 있
다. 시간과 공간이라는 좌표 속에서 작동하는 인간의 삶
은 유동적이다. 운동장에서 흙을 묻히며 함께 놀던 아이
들은 언젠가 "산 넘고/ 물을 건"너서 각자 흩어져야 하는
운명을 피할 수 없다. '유有'가 '무無'로 변하는 엄연한 사
실 앞에서 인간은 삶의 본질이 한바탕 '꿈'이자 '비극'임
을 깨닫는다. "바람의 속삭임이 계속되고" '나'는 "구름
들"이나 "풀들"이 되어 자연으로 돌아갈 것이라는 인식
에 도달한다. "모든 게 한철이었을 뿐"이라는 아픈 진술
은 진실의 힘으로 독자의 마음을 움직인다.

　　　그의 일생이 구름이었다고 해서
　　　오늘이 달라지는 건 아무것도 없다
　　　골목이었는지 아니면 큰길이었는지
　　　그의 길에 관해 우리는 아무것도 아는 게 없다
　　　우리는 그의 오랜 보행을 함께 행보했었다 그러니
　　　그가 나무 그늘 아래 잠시 쉬기도 하면서
　　　걸음을 멈추기도 했었다는 건 확실하다
　　　우리 또한 그랬었으니

그가 이리로 오고 있었을 때
공원의 텅 빈 공허를 산책했을 때
우리는 아이를 낳았다 아이가 자라고
아이가 아니었던 그의 생의 알리바이는
나무였다고 해도 어쩔 수 없고
피리 불던 낭인이거나
꽃바구니 든 할머니였어도 괜찮았다
우리는 오늘 그에 대해 어떤 말을 할 수 있는가
그가 사라졌다는 건 길만 남았다는 뜻, 그러니
길은 결국 그의 것이 아니었다
돌아보면 텅 빈 길
나는 결국 그였고, 그는 곧 당신이기도 했다
장례식의 주인이었던 그가 없는 아침의 길이
머리 위에서 반짝거린다
지난밤 지상의 어느 밀림에선 새로운 종의 새 한 마리가
태어났을지도 모른다
그가 떠난 세상에는 늘 할 말이 따라붙는다
걸어서 여기까지 오지 못한 다른 누군가가
이리로 오고 있다는 걸 모두 알고 있다
여기까지 오는 동안 우리는 이미 다 보았으니
그가 없다고 해서 이제가 달라질 건 아무것도 없다

— 「걸어오던 사람」 전문

　　시적 화자 '나'는 '그의 일생'을 '길'이라는 고전적인 은
유로 이야기한다. '나'에 따르면 '그의 길'이 "골목이었는

지 아니면 큰길이었는지" "우리는 아무 것도 아는 게 없다" 다만 '우리'가 확신할 수 있는 것은 '그'가 "오랜 보행을" 했고 "나무 그늘 아래 잠시 쉬기도 하"였으며 때로 "걸음을 멈추기도 했었다는" 사실이다. '나'가 보기에 또 '우리'가 보기에 '그'는 "피리 불던 낭인"의 삶을 아니면 "꽃바구니 든 할머니"의 삶을 또는 '나무'로서의 생(生)을 걸었다. '그'가 어떤 형태로든 존재하다가 "사라졌다"는 사실이 긴요하다. '그의 길'에서 '그'가 사리지자 '길'만 남았다. "길은 결국 그의 것이 아니었다"라는 진술은 '그의 일생' 또는 그의 삶과 그가 같지 않음을 의미한다. 이 순간 그의 '일생' 또는 '삶'은 '그' 자체와는 다르다는 자각이 탄생한다.

'그'는 '나'인 동시에 '당신'이기도 하다. '그'는 모든 인간을 대표하는 '걸어오던 사람'이다. '그'가 도달한 '여기' 또는 '이리'는 생의 종착역을 가리킨다. '걸어오던 사람'은 더 이상 '걸어오는 사람'이 아니다. "그가 없다고 해서", 지상이 "달라질 건 아무 것도 없다" "지상의 어느 밀림에선 새로운 종의 새 한 마리가", 늘 "태어"나기 때문이다. 삶은 강물이 바다로 흘러가듯이 걸어갈 뿐이다. 의미심장한 존재론적인 시가 아닐 수 없다.

말로 자라는 아이와
밥으로 아이를 키우는 엄마
밥 먹은 아이는 엄마에게 말을 뱉어내고

엄마는 아이에게 밥을 먹이고

밥이 만드는 말을

하루 세 번씩 하얗게 씻어 안치는 엄마

어제는 공룡을 만든 아이가

오늘은 나무를 만들고

하늘을 만들고

새를 만든다

아가야 너 언제 세상을 다 만들래

엄마는 참 오래도 기다리는구나

대견하구나 이 많은 말들을

한 숟갈에 퍼 담다니!

엄마의 말을 다 먹으면

더 이상 엄마가 없을 아이

아이에게 다 먹이면

아이를 영영 잃어버릴 엄마가

식탁에 마주 앉아

밥을 먹는다

—「오래된 밥」 전문

최준의 탁견卓見을 보여주는 시이다. 시인은 여기에서 현자賢者로서의 가능성을 드높인다. 그는 '아이'와 '엄마'에 주목한다. 엄마는 "밥으로 아이를 키우"고, 아이는 "말로 자"란다. "엄마는 아이에게 밥을 먹이고" "밥 먹은 아이는 엄마에게 말을 뱉어"낸다. '엄마'는 '아이'에게 '밥'을 주고, '아이'는 '엄마'에게 '말'을 주는 관계가 지속

되면서 삶은 앞으로 이동한다. '아이'는 '공룡'을, '나무'를, '하늘'을, '새'를 만들며 어휘의 범위를 넓힌다. '엄마'는 '아이'의 성장을 "대견하"게 여기며 '아이'가 "세상을 다 만들" 날을 기다린다.

최준은 '아이'가 자랄수록 '엄마'가 늙어가는 현실을 감각적으로 단순화한다. '엄마'의 입장에서 '아이'에게 '밥'을 "다 먹이면", 엄마는 "아이를 영영 잃어버"리게 되고, '아이'의 입장에서 '엄마'가 준 '밥' 또는 "말을 다 먹으면", 아이에게는 "더 이상 엄마가 없을" 것이다. 시인은 이 시에서 '아이'가 어른이 되어 세상을 알 때쯤이면, '엄마'가 더 이상 아이 곁에 없을 것임을 상징적으로 보여준다.

돌의 심장 하나 갖고 싶었다
시간보다 느리고 긴 길을 견디며
아주 천천히 둥글어지는 마음을 갖고 싶었다
무수한 이름들 스쳐 지나고
간간이 말 걸어보기도 했지만
저마다 모양과 빛깔을 고집하는
무수한 몸의 언어들과 제대로 소통하지 못했다
저들의 세상으로 온전히 스며들 수 없었다

소용돌이와 침묵의 시간을 지나
비로소 알게 된 건
여전히 길 위에 있다는 것

울고 싶지 않을 때 울어야 하고
웃고 싶지 않을 때 웃어야 한다는 것

욕망이 생겼다 그때부터
악어의 이빨과 코끼리의 코로
씹고, 숨 쉬는 거였다
죽을 때까지는
죽지 못할 지상에서
나를 닮은 돌멩이 하나
나뭇잎 하나 만들어보고 싶었다

둥근 지구에서
영원히 뛰어내릴 수 없었다
버리고 가야 할 게 너무 많았다

—「물의 회상」 전문

시종일관 어떤 '목소리'가 들린다. "돌의 심장 하나 갖고 싶었다" "아주 천천히 둥글어지는 마음을 갖고 싶었다" "무수한 몸의 언어들과 제대로 소통하지 못했다" "저들의 세상으로 온전히 스며들 수 없었다" 등 1연의 진술에는 어떤 '마음'이 담겨있다. 이와 같은 일련의 목소리 또는 마음의 주체는 누구인가? 작품의 제목을 참조할 때 일차적으로 '물'을 선택할 수 있을 테다.

2연에 다다르면 독자들은 목소리 또는 마음의 주체가 '물'이 아닐 수 있음을 예상한다. "울고 싶지 않을 때 울

어야 하고/ 웃고 싶지 않을 때 웃어야 한다는 것"을, "여
전히 길 위에 있다는 것"을 깨닫는 주체는 누구일까? 시
적 화자 '나'를 '주체'의 자리에 대입하는 일이 어색하지
않다. '울음'과 '웃음'이 뒤섞인 '길'은 인간이 나아가야 할
'삶' 또는 '인생'과 다른 말이 아닐 게다.

　3연에 등장하는 '욕망' '이빨' '코' '숨' '죽음' 관련 표현
들의 주체로서 '지상'에서 살아가는 '인간'을 선택하는 일
은 자연스럽다. '나'는 "죽을 때까지는" 함부로 "죽지 못
할 지상에서" 스스로를 "닮은 돌멩이 하나/ 나뭇잎 하
나"를 "만들어보고 싶었다"라고 고백하는데 여기에는
'종족 보존'의 본능이 충만하다. 4연 1행에 제시되는 '둥
근 지구'라는 어구는 앞에서 살핀 「모서리가 없다」와 연
결되는 지점이 있다. '물'과 '나'의 관계는 '나무'와 '당신'
의 그것과 같기 때문이다. 「물의 회상」은 "버리고 가야
할 게 너무 많았"던, 언젠가 모든 것을 버리고 떠나야 하
는 '지상' 또는 '지구'에서의 '생生' 또는 '일생一生'을 다룬
다. 최준은 절실한 운명론자임에 틀림없다.

　　　이제 막 터널을 빠져나온 바퀴처럼

　　　죽기 전에 가야만 할 데가 있는 것처럼

　　　천둥치는 날 우산 쓰고 실연의 강둑을 걸었던 기억처럼

오직 내게만 남아 있는 얼룩말의 옆구리 무늬처럼

아파서 갔다 온 적 있는데 거기가 어디였는지 기억나지
않는 것처럼

아버지 생전으로 되돌아가시고

아우가 먼저 가고

그런데 나, 여직 멀쩡히 살아 있는 것처럼

살아서 아픔의 힘으로 무언가 해야 할 거라도 있는 것처럼

살아 있으니 살아야 한다는 헛말이라도

당신에게 건네고 싶은 것처럼

— 「미련」 전문

　이 시는 뛰어난 시인으로서의 최준의 역량을 널리 알
리는 데 기여할 수 있다. 하나의 행으로 하나의 연을 구
성하는 방식으로 전개되는 이 작품에서 우선적으로 눈
에 띄는 점은 다수의 연이 '～(것)처럼'으로 마무리된다는
사실이다. 최준은 11개의 연 중에서 8개의 연을 '～(것)처
럼'의 형식으로 배치한다. 시인은 동일하거나 유사한 표
현을 반복함으로써 어떤 의도 또는 지향성을 보여준다.

이 시에 내재하는 의도 또는 지향성은 '미련_{未練}' 곧 깨끗이 잊지 못하고 끌리는 데가 남아 있는 마음과 연결된다.

"천둥치는 날 우산 쓰고 실연의 강둑을 걸었던 기억처럼"이라는 3연에는 '미련'의 그윽한 향기가 가득하다. 6연 이후의 흐름은 '미련'을 더욱 고조시킨다. 돌아간 아버지나 먼저 간 아우를 되살리고 싶은 마음은 시적 화자 '나'를 쿵쿵 울리는 미련이다. 사랑하던 그들은 더 이상 이곳에 없는데 '나'는 "여직 멀쩡히 살아있"다는 아픈 자각! 살아남은 자의 '아픔' 또는 '슬픔'에 공감할 수 있는 이들에게 최준의 「미련」은 가없는 성찰의 계기가 될 수 있다. 시인이 바라보는 '당신'의 자리에 우리들 각자의 모습을 새겨야겠다.

3.

최준의 시집 『칸트의 산책로』를 탐험하였다. 「주목_{朱木}」은 죽음을 외면하지 않는 삶을 다룬 시로서 독자들에게 엄청난 성찰의 기회를 제공하였다. 「모서리가 없다」는 수수께끼 또는 퀴즈를 연상시키는 작품으로서 우리는 여기에서 '모서리'가 '원'이라는 유의미한 깨달음과 마주한다. 역동적인 관찰력과 상상력이 돋보이는 「현관의 수사학」은 독자에게 자유를 선물하였다. 「내 안의 운동장」

은 인간의 삶에 내재하는 유동성과 비극성을 포착하여 우리의 마음을 움직였다.

시인은 「걸어오던 사람」에서 누군가의 일생이 그 또는 그녀 자체와 같은 것은 아니라는 존재론적인 자각에 도달하였다. 「오래된 밥」은 현인으로서의 최준의 면모를 상징적으로 보여주는 탁월한 시이다. 「물의 회상」은 절실한 운명론자로서의 시인을 오롯이 드러내었다. 「미련」을 읽으며 독자들은 뛰어난 시인으로서의 최준을 확인하면서 스스로를 성찰할 수 있었다.

이 글이 탐색한 최준의 시 세계는 손쉽게 요약하기 힘들만큼 넓고 깊다. 시인의 시편이 보여주는 매력은 일차적으로 안정적인 언어능력, 언어운용에서 비롯한다. 섬세한 관찰력과 신선한 상상력을 갖춘 그는 때로는 은유적으로, 때로는 상징적으로 언어를 구사함으로써 독자의 마음에 은은하면서도 강렬한 파문을 남긴다. 무엇보다도 최준의 시를 읽으며 우리는 인간의 본질을 생각하고, 삶의 가치를 성찰할 수 있는 드문 기회를 얻는다.

지그문트 바우만Zygmunt Bauman에 의하면 "당신과 같은 것들을 믿는 사람들과의 대화는 진짜 대화가 아니다.(Real dialogue isn't about talking to people who believe the same things as you.)" 참된 대화, 진정한 대화를 위해서 우리는 스스로의 영토를 확장할 필요가 있을지도 모른다. 나와 다른 것들을 믿는 사람들과의 스스럼없는 대화가 이루어질 때 우리 사회는 더욱 건강한 길로 나아갈 수 있을 테다. 최준의 시를 읽으며 사유의 폭을 넓힐 수 있는 독자가 많아지기를 소망하는 이유 역시 다르지 않다.